Para Ángelo y Laura

Primera edición en inglés: 1991
Primera edición en español: 1994
Quinta reimpresión: 2002

Coordinador de la colección: Daniel Goldin
Traducción de Catalina Domínguez

Título original: *Elmer Again*
© 1991, David McKee
Publicado por Andersen Press Ltd., Londres
ISBN 0-86264-326-0

D.R. © 1994, Fondo de Cultura Económica
Carr. Picacho Ajusco 227; México, 14200, D.F.
www.fce.com.mx

ISBN 968-16-4560-X

Printed in Colombia. Impreso en Colombia por D'vinni Ltda.
Bogotá, agosto de 2002

Tiraje 7 000 ejemplares

OTRA BROMA DE ÉLMER
David McKee

LOS ESPECIALES DE
A la orilla del viento
FONDO DE CULTURA ECONÓMICA
MÉXICO

Élmer, el elefante de colores, estaba aburrido. Faltaban dos días para el desfile del Día de Élmer —el día en que los elefantes se pintan con alegres colores. La pintura estaba lista y los elefantes estaban pensando tranquilmente cómo se pintarían.

Élmer no tenía qué pensar. Siempre se pintaba de gris para el desfile, el único elefante gris.

"Es hora de dar un paseo", se dijo.

Mientras caminaba, Élmer pensó: "Todo está muy tranquilo por aquí. Hace falta una broma o algo que anime las cosas." Llegó a un estanque y miró su reflejo.

—Hola, Élmer —saludó a su imagen en el agua—. Me acabas de dar una buena idea. Gracias.

Cuando regresó, los demás seguían meditando. Élmer se acercó a uno de ellos y murmuró algo en su oreja. El otro elefante sonrió y le guiñó un ojo, pero no dijo nada. Élmer se acomodó para descansar. Le aguardaba una larga noche.

Cuando la noche cayó, Élmer esperó hasta que los demás estuvieran dormidos. Entonces, cuidando de no despertarlos, comenzó a trabajar.

Antes del amanecer ya había terminado y se fue de puntitas hacia otra parte de la selva, para dormir lo que restaba de la noche.

Por la mañana, el primer elefante que
despertó miró a su vecino y le dijo:
—Buenos días, Élmer.
Uno tras otro los elefantes fueron despertando.
En todos lados se escuchaba: "Buenos días,
Élmer", "BUENOS días, Élmer", "BUENOS DÍAS,
Élmer", y más "Buenos días, ÉLMER".

Durante la noche, Élmer había pintado a todos los elefantes para que se parecieran a él. Ahora había Élmers por todas partes y nadie sabía cuál era el verdadero.

Entonces los elefantes empezaron a hablar entre sí y a decir cosas como:

—¿Tú eres Élmer?

—No sé —respondería el otro—. Tal vez hoy lo sea, pero estoy seguro de que ayer no lo era.

Entonces, uno de los elefantes gritó:

—Ésta es otra broma de Élmer. Vamos. Entremos al río y que se diluya la pintura. Entonces veremos quién es el verdadero Élmer.

Los elefantes corrieron hacia el río; chapoteando y salpicándose llegaron al otro lado.

Una vez en la otra orilla, los elefantes se miraron con asombro. *Todos* eran grises.

—¿Dónde está Élmer? —se preguntaron.

—Aquí, por supuesto —dijo un elefante gris—. ¿No me reconocen?

—Pero tienes nuestro mismo color —dijeron sorprendidos los demás.

—Así es —dijo Élmer—. ¡Es fantástico! Siempre quise ser como ustedes.

—Esto es terrible —dijo otro elefante—. Élmer no puede ser como el resto de nosotros. Las cosas no serán iguales sin un Élmer.

—Bueno, no hay nada que yo pueda hacer al respecto —dijo Élmer—, a menos que...

—¿Qué? —respondieron en coro.

—Bueno —continuó Élmer—, los colores que se deslavaron siguen flotando en el agua. Tal vez si me zambullo entre ellos pueda volver a la normalidad.

—¡Inténtalo! —le gritaron los demás—. Haz cualquier cosa para que regresen tus colores.

—¡Yupi! —gritó Élmer, y atravesó el río corriendo, para luego desaparecer entre los árboles de la otra orilla.

Casi al instante, reapareció resoplando y jadeando, pero esta vez con sus brillantes colores originales.

—¡Hurra! —lo vitorearon los elefantes del otro lado del río—. ¡Funcionó! Otra vez tenemos a nuestro Élmer. —Y con eso los elefantes entonaron a coro—: ÉLMER, ÉLMER, ÉLMER.

De pronto, de entre los árboles, apareció otro elefante junto a Élmer.

—¿Me llamaron? —preguntó.

Los demás callaron y lo miraron asombrados. Este elefante escurría agua, como si acabara de atravesar el río. Para colmo, tanto éste como Élmer se estaban riendo.

—Nos engañaste —le dijo un elefante al elefante gris mojado—. Estaban de acuerdo y fingiste ser él. Debimos saber que los colores de Élmer no se despintan. Es tan sólo otra broma de Élmer.

Y con eso, toda la manada estalló en risas, corrió hacia el río y comenzó a salpicar a los dos Élmers y a mojarse entre sí, y una vez más coreó:

—ÉLMER, ÉLMER, ÉLMER —hasta que toda la jungla se estremeció con su ruidoso juego.